閱讀123

國家圖書館出版品預行編目資料

找不到國小 / 岑澎維文；林小杯圖
-- 第二版 . -- 臺北市：親子天下，2017.07
192 面； 14.8x21 公分 . --（閱讀 123）
ISBN 978-986-94959-8-1（平裝）
859.6　　106009211

閱讀 123 系列 —— 011
找不到系列 1

找不到國小

作者｜岑澎維
繪者｜林小杯

責任編輯｜蔡忠琦
美術設計｜蕭雅慧
行銷企劃｜王予農、林思妤

天下雜誌群創辦人｜殷允芃
董事長兼執行長｜何琦瑜
兒童產品事業群
副總經理｜林彥傑
總編輯｜林欣靜　主編｜陳毓書
版權主任｜何晨瑋、黃微真

出版者｜親子天下股份有限公司
地址｜台北市 104 建國北路一段 96 號 4 樓
電話｜（02）2509-2800　傳真｜（02）2509-2462
網址｜www.parenting.com.tw
讀者服務專線｜（02）2662-0332　週一～週五：09:00~17:30
讀者服務傳真｜（02）2662-6048　客服信箱｜parenting@cw.com.tw
法律顧問｜台英國際商務法律事務所．羅明通律師
製版印刷｜中原造像股份有限公司
總經銷｜大和圖書有限公司　電話：（02）8990-2588

出版日期｜2008 年 1 月第一版第一次印行
2022 年 8 月第二版第十九次印行
定價｜280 元　書號｜BKKCD069P
ISBN｜978-986-94959-8-1（平裝）

找不到國小

文／岑澎維　圖／林小杯

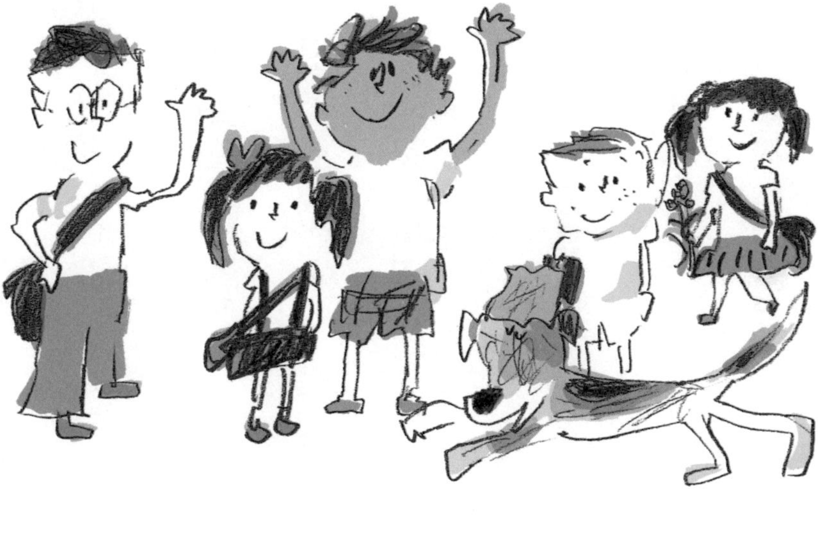

目錄

1 找不到國小

——真的有「找不到國小」嗎？怎樣才能找到「找不到國小」？

「找不到國小」，位在終年雲霧圍繞的「找不到山」上。

要到「找不到國小」，必須翻轉在蜿蜒的山路上，撥開濃濃的白霧，在一片密密的紅瓦屋頂村落往上看，厚重的木板大門後面，就是「找不到國小」。

外地來的人，很少有人能找得到找不到國小。並不是因為校門口，那塊褪色到無法分辨的招牌太破舊，也不是因為學校太小，學生太少，當然更不是因為地圖標示得不清不楚、地標又被風吹倒。

找不到國小難找，只是因為迷路容易，找路難，往往一個疏失，小路就跟蟒蛇見到人一樣，竄逃開來，不見蹤跡。能到找不到山，已經是一件不容易的事。來到找不到山，要找到找不到國小，更是一

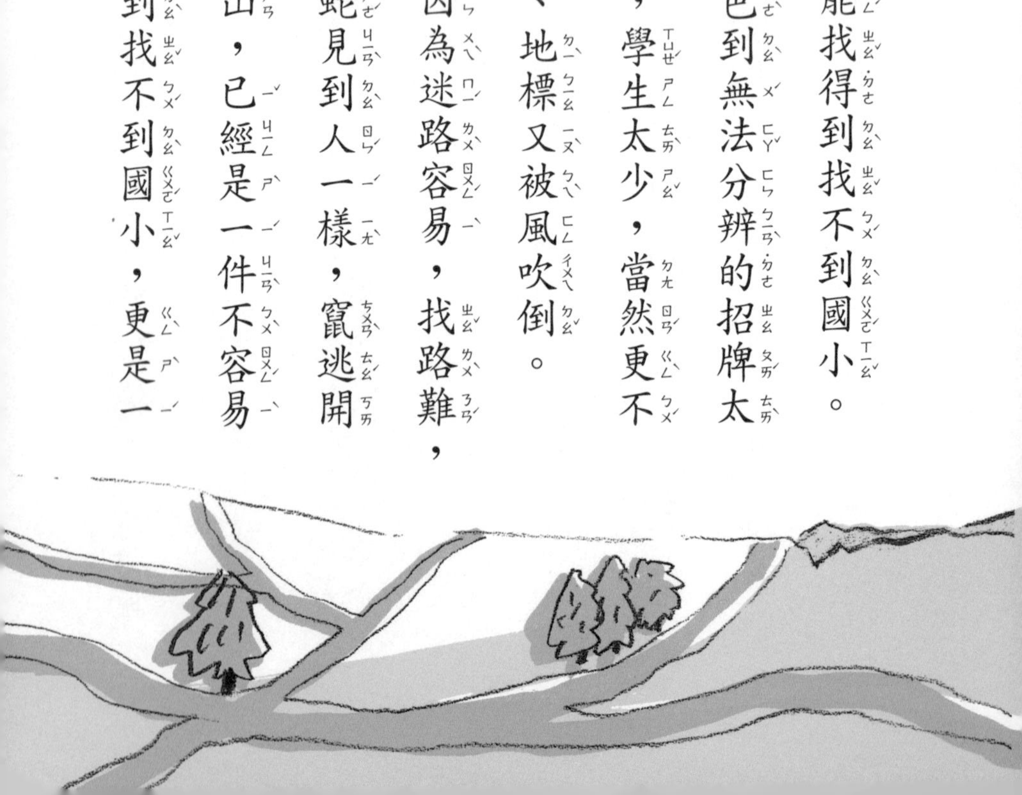

件困難的事。通往找不到國小的路只有一條，但是跟它很像的路，卻有十多條。

每個要到找不到國小的人，都興奮的以為，第一條就是。其實那是去「太好找國小」的路，「太好找國小」因為太好找，所以訪客很多，很多人都誤以為，那就是傳聞中的找不到國小。

要到找不到國小，要在找不到山下，正北方上山的那條路往南走，第六條右轉的路上左轉，然後再走第一條左轉的岔路。

接下來遇到岔路的轉法是：左左右右，右左左；右右左左，左右右。

「那不是很好找了嗎？」

問題是霧太濃，濃到常常讓人找不到岔路，濃到連鐘聲都好像打在濃湯上，「咕咚！咕咚！咕咚！」的。

這些鐘聲常常讓人以為找不到國小近了，其實啊，還遠得很呢。山路迂迴，輕輕的款擺在找不到山上，急著到找不到國小的人，往往找不到；不急著到找不到國小的人，卻會不經意來到這所國小。

找不到國小是先令人找不到，才取這個名字的，還是先有名字才讓人找不到的？沒有人知道，因為那些老舊的記載資料，也早已經「找不到」了。

然而這麼一所難以找尋的學校，附近居民閉著眼睛都能走到，他們也不想把學校叫成這樣，因為每次填寫校名的時候，都要多寫一個字。

不過，在他們正要抱怨之前，就已經習慣這個特別的校名了，有時候，甚至還以它為榮，因為「找不到的」，總是比較珍貴。

要到找不到國小，只有一個辦法，那就是慢慢走，不要急。在心裡記好岔路密碼，雲霧之中，停下來欣賞一下

路邊的蒼松古木，不知不覺就到達這所小小的學校。許多人到找不到山，就是為了看一看這一所學校。它究竟有多麼特別？為什麼這麼吸引人？只有去過找不到國小的人才知道。

到過找不到國小的人不多，但是他們總是懷念著這麼一所學校，他們都會想再去一次，再看一看這一所不一樣的學校。

可惜的是，霧太濃，路又難找，找不到國小的美，找不到國小的特別，只有留在人們的口耳相傳裡。

2 天剛亮的時候

——天亮了，跟上阿當的腳步，一定能找到找不到國小。

天剛亮的時候，找不到山上的阿當，這個小學五年級、十一歲的小男孩，他要上學去了！

找不到山上的陽光，知道阿當要上學了，輕輕灑下還沒睡夠的光芒，為他照亮路面，不過，霧太濃，天想要亮也亮不起來。

背起書包，拉開腳步，阿當上學得到小溪邊去。

「等等我啊，阿當！」阿當沒回頭看，就知道柯典來了。

柯典追上阿當，兩個人一起往小溪邊走。那是找不到山

頂上的泉水急速往下沖，在附近形成的小溪流。

阿當上學雖然有近路可走，但是他喜歡到小溪邊，搭老周叔叔的船。

敲一敲老周叔叔的柴門，大鬍子老周立刻開門，戴起帽子，他說：「我們走吧！」

老周叔叔把木桶飛船拋進小溪裡，阿當要上學去了。

小小的溪流，繞著比較遠的路，但是運送貨物，方便多了。

「別站起來唷！」老周叔叔解開綁在岸邊的繩索時，總是這麼說。

阿當每天起得跟太陽一樣早，就是為了要搭老周叔叔的木桶飛船上學。

木桶飛船是老周叔叔親手造出來的，他用厚重的木塊，拼成一個又大又圓的木桶，他可不許人家說那像澡盆。

老周叔叔還在木桶的外圍，箍上三個又肥又大、充飽了氣的輪胎，碰撞到岩石的時候，木桶飛船只是舒舒服服的在小小的溪流裡打轉。

「真像陀螺。」阿當最喜歡飛船在溪裡轉呀轉的感覺。

「我覺得像飛碟，我們是外星人。」柯典伸手去接跳進來的水珠。

「上課要認真一點啊，阿當。」老周叔叔一邊握著槳，一邊跟阿當講話。

「老周叔叔，今天的水不夠大，速度不夠快，坐起來不夠刺激。」阿當什麼也沒聽進去，他只注意看著，看有沒有更大的水花，撲進船裡。

「今天這樣最好，水大危險。你上課要認真點啊，將來才能當村長。」老周叔叔又重複了一次，阿當還是沒聽進去。

木桶飛船來到小溪流裡最刺激的階梯了。這是下坡的河道，老周叔叔在乾水期建好了一層、一層的階梯，讓小船平穩的開一段之後，下降一階。

下降的時候，水流把飛船往下一倒，下面的水流立刻把他們接住。

「啊！」下降一層，兩個人就大叫一聲。

大叫六聲之後，轉角的地方，上來三個同學。

人多熱鬧，順著水流而下，木桶飛船一路狂奔而去。

「老周叔叔，再快一點，再快一點！」

「松鼠都給你們嚇跑了。」老周叔叔看著他們，搖搖頭。

經過一片松樹林，小船來到一個小碼頭，老周叔叔把繩索套上岸邊的樹頭，用

力一拉，小船靠岸了，又上來了兩個。

七個小朋友，一路呼叫著，讓木桶飛船把他們送到學校旁。

這時候，天色才微微亮起來。

「學校的門還沒開呢！」阿當開心的叫著。

「老周叔叔，我們再來一次！」每個人都熱烈的要求。

「自己走上山去吧！」老周叔叔同意了，但他可沒有力氣，載著七個孩子往上走。

「沒問題！」大家背起書包，跳下船，走近路，往回家的方向跑去。

「老周叔叔，我們比你還快！」在阿當上船的地方，老周叔叔滿頭大汗的回來了。

天真的亮了起來，現在，七個要上學的小朋友都已

經到齊，他們知道，好心腸的老周叔叔，這次真的要帶他們去上學了。

「小心衣服，別弄溼了。」老周叔叔提醒著。

「就是要弄溼才好玩！」每個人都這麼說。

天剛亮的時候，找不到山上的阿當，要上學去了。

小小的溪流繞來繞去，有點遠。但是他知道，早一點出門，就不會遲到。

早一點出門，老周叔叔會讓他們坐兩趟，兩趟溪流裡刺激的木桶飛船。

「最多七個」，這是老周叔叔堅持的規則，所以，只要有人請假，一定會有人搶著頂替。

找不到山上，老周叔叔的木桶飛船，天天客滿，天天開船。

3 摩天圖書館

——為什麼阿當要這麼早上學？為什麼學校裡，會有摩天輪？

「上學嘍！」找不到山的山路上，一群低年級的小朋友，從四面八方跑出來，一邊跑一邊喊叫，要比賽看誰第一個到學校。

「再慢就來不及嘍！」阿當跳下了老周叔叔的木桶飛船，從後面擁上來，追過那群低年級小朋友。

「喔，又是最後。」低年級的小朋友，費盡氣力跑到校門口，忍不住失望的嘆了一聲。

七點十分的鐘聲響起，找不到國小的校門，劃開濃濃白霧，古老的木門，咿咿呀呀的打開了。

沒有錯，藏在濃霧裡，讓大家急著想進去的大門裡，就是找不到國小。

　　跟著阿當走進校園，巨大的摩天輪站立在遠方，卻像在眼前一樣，摩天輪散發的吸引力，白茫茫的濃霧怎麼也掩蓋不住。

　　那是一架用找不到山上，堅硬木材拼造而成的摩天輪，身上掛了三十二個圓形吊桶，每一個吊桶都加了屋頂，也開了窗戶。

　　靠著大大小小厚重的齒輪，找不到國小裡的這座巨輪醒了，慢慢轉動著。

「走吧，去圖書館啦！」在樓梯口，阿當遇見也要上圖書館的林平。

「今天你要看哪一本書？」阿當問。

「昨天還沒看完的那本呀，那本書真好看。」林平回答。

「什麼書名啊？」阿當問。

林平一臉不好意思，想了很久，才說：「我也忘了，就是介紹我們找不到山的書啦。」

兩個人來到巨大的摩天輪旁邊——這一座木造的摩天輪，正是找不到國小的圖書館。阿當這麼早上學，就是要上這座摩天圖書館。

早上升旗之前、中午午休的時候、下午放學之後，摩天輪轉動了，就表示圖書館開館了。

每一位想看書的小朋友，都能到這裡來。不管是天文類、地理類、昆蟲類、植物類，或者是文學類，只要你想得到的，摩天輪裡都有。

林平跟著阿當走進轉動的圖書館，他們挑了自己喜歡的吊桶，坐了進去。扣上木門，摩天輪帶著阿當和林平，輕輕往上升。

「第一次上我們學校圖書館的人，只會好奇的往外看。」阿當說。

「如果他知道，這裡面的書有多好看，就不會只往外看了。」林平找到了昨天沒有看完的書。

「就是這本啦，《找到‧找不到山》！」他翻開來繼續往下看。

這一個吊桶裡的書，是阿當最喜歡的。

摩天輪緩緩上升，從摩天輪上往下看，可以看見整個找不到國小。

找不到國小裡，「海浪滑梯」是滑梯也是圍牆，像波浪一樣起起伏伏，環繞著整個找不到國小。

中年級的小朋友，這麼早上學，就是為了能多溜幾次這個海浪滑梯。高年級的小朋友雖然覺得有點幼稚，但是偶爾也會去溜一下，回味自己剛入學的時候那種滋味。

海浪滑梯還像高速公路一樣，一共有六個交流道，小朋友可以選擇距離教室最近的地方下降。

找不到國小的教室不多，而且都是平房，雖然有點老舊，卻很溫馨。操場不大，像一條懶洋洋的小狗，靜靜躺在學校東邊，等著晒太陽。

操場旁邊，有一道長長的階梯，緊緊貼在山壁上，像一條攀在牆上的大蜈蚣。這座「通頂階梯」剛好一百階，是一年級小朋友，練習數一到一百的地方。

摩天輪越轉越高，找不到國小像塞滿棉花糖，再也看不清楚校園裡的景物了。阿當只是專心看著手上的書。

摩天輪裡提醒的鐘聲響起，是該回教室的時候了。

「如果能再多看一下該有多好？」阿當依依不捨的放下書。

「真不想下來。」那本書，林平已經看了好幾次，總覺得百看不厭。

「圖書館裡真舒服。」吊桶轉到可以下來的地方，兩個人一起走出來。

回頭一看，摩天圖書館已經停下來了。

「明天早點來上學吧！」兩個人一起走回教室。

4 慢慢來老師

——什麼時候，慢慢來老師才會著急起來？

慢慢來老師，是阿當的老師，也是找不到國小裡，待得最久的老師。

來到找不到國小，看到阿當，就會看到這位溫和慈祥的老師。

一頭和霧一樣白的頭髮，已經成為他的標誌。慢慢來老師年紀雖然大，身體卻很硬朗，只是，不論做什麼事，他都慢慢來。

慢慢來老師推太極拳，一下、一下，再一下，他不慌也不忙。

慢慢來老師改作業，一個字、一個字，再一個字仔細的看，他要看到字的內心裡去，除了一劃都不能少，他還能看出，你寫字的時候，心情好不好。

慢慢來老師總是說：「慢慢來，別急。」「別害怕，慢慢來，你一定學得會。」站在慢慢來老師桌子旁邊，怎麼樣都算不出來的時候，慢慢來老師會這麼說。

回家作業沒寫完的小朋友，隔天，慢慢來老師會輕輕的跟他說：

「慢慢來，沒關係，我們現在開始寫，不急。」在他們身邊，看著他們，要他們一個字、一個字慢慢寫。

「慢慢來才不會出錯。」

慢慢來老師又擦掉了一個不好看的字，然後慢慢的說。

跟許多小朋友一樣，阿當也受不了慢慢來老師的「慢慢來」，所以大家都在家裡把作業寫完，至少可以寫快一點，不必慢慢來。

慢慢來老師除了做事情總是慢慢來之外，他用的東西，也總是慢慢的。

電扇慢慢的轉，音樂慢慢的響，電燈慢慢的亮。

「在燈還沒有全亮之前，你可以先想想，什麼事沒做。」

慢慢來老師還有一臺手提電腦，阿當幫它算過時間，從按下開關到完全開好，總共要花掉九分二十八秒。

「這個時間，足夠你去安心的做完一件事，不必浪費時間坐在電腦前等它開好。」

因為要慢慢來，所以時間絕不能浪費。

在電腦還沒全開的這一段時間，慢慢來老師會去上個廁所，再去泡一壺茶，甚至還可以澆一下花、做幾分鐘運動。

比較麻煩的是，等電腦完全開好，上課的鐘聲又響了，慢慢來老師根本就沒辦法打電腦。

「不急，不急。」他讓螢幕休息，又去上課了。

小朋友建議他：「下課之前，先去開機嘛。」

慢慢來老師說：「不要緊，慢慢來，下課再開，我們還是安心上課好。」

慢慢來老師的字典裡，到底有沒有「著急」這兩個字啊？

慢慢來老師想了很久，他說：「沒有。」

但是，沒有想到，有一天，慢慢來老師的手錶，也學會了慢慢來。

手錶慢下來，慢慢來老師就著急了，他跟人約好見面時間，手錶一慢，他可不能慢慢來了。

不過，慢慢來老師還是慢慢的著急：「哎呀，我得快一點才行。」他慢慢的說。

「哎，別人一定等得很著急了。」他慢慢的開著車下山去，安全才是最重要的。

「我怎麼能讓手錶慢了嘛？」他慢慢的焦慮著。

有了這次教訓，慢慢來老師知道，要小心手上的手錶，只有它不能慢慢來。

慢慢來老師也把他的習慣改了改，雖然凡事還是慢慢來，不過，他提醒自己：記得早點做，才能慢慢來。為了讓自己能夠繼續慢慢來，慢慢來老師更加留意時間，而且，凡事盡量提早做，別讓「著急」兩個字，有機可乘。

因為這樣，慢慢來老師，不只是找不到國小裡，待得最久的老師，他也是最受歡迎的老師。

大家總是喜歡他，慢慢來的樣子。

5 不找錢福利社——

如果要阿當介紹一下他念的小學，阿當絕對不會遺漏的，就是他最喜歡去的福利社。

找不到國小下課的時候，最吸引人的地方，就是建在懸崖上，用木板搭成的那座小屋子。

破破爛爛的小屋子外頭，沒有指標也沒有招牌，但是每位小朋友都知道，那就是福利社。

建在懸崖上的福利社，一定要限制重量。所以，它像裝了警報器那樣，重量一超過，就會聽到「嗶嗶啵啵」的斷裂聲，驚心動魄的傳來。

六年級的一位大哥哥，自從他升上六年級，體重超過八十公斤之後，就再也不能到懸崖上的福利社買東西了。不過也因為這樣，他的體重才有逐漸下滑的趨勢。

如果你要問，又暗又小的福利社，為什麼會這麼吸引人？

低年級的小朋友會搶著說：「買玻璃櫥子裡一包一包的奶粉，會附贈一杯紅茶，這個最吸引人。」

他們很樂意示範：先把紅茶含在嘴裡，再撕開小小包的奶粉，倒進裝著紅茶的嘴巴裡，用力的漱、不停的漱、好好的漱。

這樣，紅茶就會變成好喝的泡沫奶茶，而且是溫熱的，這是低年級小朋友愛玩又愛喝的飲料。冷冷的天氣裡，暖暖的奶茶最吸引人。

中年級的小朋友卻認為，最吸引人的，是冰在冷凍庫裡，石頭一樣硬的冰棒，這曾經是八十公斤大哥哥的最愛。

找不到國小的氣溫不高，冷颼颼的天氣裡，舔一口涼滋滋的冰棒，保證涼到腳底，立刻又有力氣打球了。

寒風中，又凍又會黏人嘴皮的冰棒最刺激，低年級牙齒沒長齊的小朋友，是沒有辦法享受的。

高年級的小朋友就不一樣了，他們相信，福利社裡最吸引人的，是比算考卷還刺激的付錢方式。考卷算錯了，錢還在口袋裡，在福利社裡計算錯了，那錢可就一去不回頭了。

福利社阿姨比老師還凶，她總是要人家拿出剛好的錢，錢不夠不能買，錢多了絕不找。

「作業簿七元，結冰牛奶八元，汽水片六元，餅乾九元，一共……。」

在掏出錢之前，最好再驗算一次，否則一出福利社大門，錢就再也找不回來了。

絕不找錢阿姨常說：「懸崖上不能停留太久，準備剛好的錢，買了就走，你方便，我方便，大家都方便。」

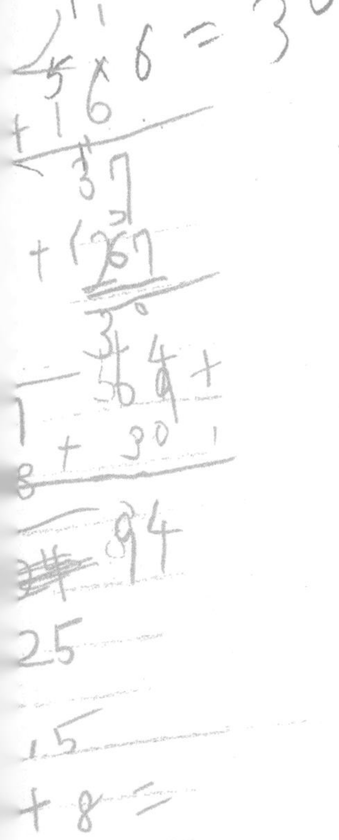

所以每一次，無法上福利社的八十公斤大哥哥、被留在教室寫作業的大姐姐、當值日生正在擦黑板的小弟弟……，他們託別人買東西的時候，錢一定要算正確，多一塊、少一塊錢都不行。

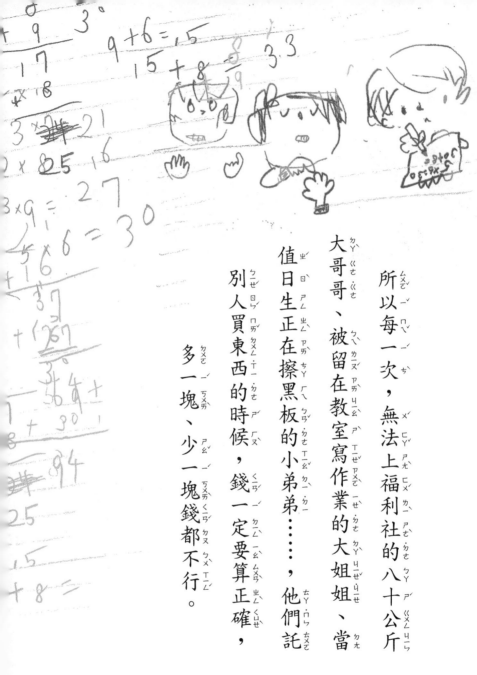

然而，沒有人知道的是，絕不找錢阿姨，有一個藏在心裡的祕密。這個祕密，她一直不敢告訴任何人。

這個祕密就是，她這麼凶，規定這麼嚴格，不是她不願意找錢，而是，她算術不好，不會找錢。不會找錢，所以她不敢找錢；

不敢找錢，所以她絕不找錢。

這也是高年級的小朋友，喜歡絕不找錢阿姨的地方，錢算得慢的低年級，永遠拼不過算得快的高年級，所以她是高年級小朋友的最愛。

絕不找錢阿姨繼續不找錢，她把祕密裝在肚子裡，日子久了，大家就習慣她的規矩，也習慣她的脾氣。

找不到國小的福利社，雖然賣的東西種類很少，但它永遠像磁鐵一樣，一下課，就把小朋友吸過去。

阿當喜歡絕不找錢阿姨，就是因為有她，找不到國小的福利社，雖然建在懸崖上，但是一直沒有垮下來。

6 看不到的校長

——校長究竟長什麼模樣，阿當最後有沒有看清楚？

濃霧圍繞的找不到山上，處處充滿著神祕的氣息，參天的古木，垂掛的老藤，陽光穿不透的濃霧。

但是，在阿當的眼裡，這些都算不了什麼，阿當覺得最神祕的，是找不到國小裡，永遠看不清楚的校長。

校長到底長什麼樣子，找不到國小的小朋友，幾乎沒有人看過，就連五年級的阿當，也沒有看過。

校長不像老師，升完旗就進教室；校長不像老師，聲音大得可以衝散濃霧。

校長只出現在司令臺上，他在臺上講話的時候，找不到國小的小朋友，只能隔著又濃又厚的霧，聽到校長的聲音。

校長到底長什麼樣子啊？霧太濃，就像白紙上的鉛筆

字，被橡皮擦擦過了一樣，只看得見一團淡淡的影子。近視又沒戴眼鏡的小朋友，更是連那一團淡淡的影子也看不見。

「校長到底長什麼樣子啊？」

「校長不是就在濃霧裡面嗎？」

「誰說的，校長就是只有聲音沒有人影的神祕怪客。」

「啊！那不是很恐怖嗎？」

「不要亂講，我們去校長室看，就知道了。」

阿當跟著同學，悄悄的靠近校長室。

黑色大書桌後面是空的，旋轉椅上面是空的，茶几旁、沙發上、櫥子前，到處都是空的。

「天哪！校長真的是一團聲音耶。」

「來無影，去無蹤，好厲害呀！」

「不要亂猜，校長一定是上廁所去了。」阿當相信，校長是最守規矩的人，他一定是每節下課都去上廁所。但是每間廁所裡，都沒有發現可能是校長的人。

於是他們在筆記簿上，畫下校長可能的樣子：

「穿著一身長袍，手上拿著摺扇，總是微微一笑，武功高強的大俠。」

「有著大鬍子、濃眉毛，戴高帽子、穿牛仔裝的西部牛仔。」

「高大的外表，方正的眼鏡，西裝長褲，頭髮梳得像義大利麵的書生。」

「我們的校長，到底長什麼樣子啊？」大家把圖畫湊在一起討論。

「什麼時候，才能很近很近的看一看校長呢？」

「校長真的只有聲音，沒有影子嗎？」

「不要亂講啦，我阿公說，只有壞掉的電視才會『只有聲音，沒有影子』！」茶几旁、沙發上、櫥子前，到處

都是空的。

「畢業典禮的時候！」阿當想起來了，畢業典禮上，

一定能看見校長。

濃濃的霧，雖然能飄進禮堂，但總是比外面少。禮堂裡的人越多，能進來的霧氣就越少，所以，「畢業典禮」是觀察校長的最佳時機。

期待的日子終於來臨，在畢業典禮進場前，想看校長的小朋友，個個露出期待的神情。每個人的心裡，都藏著一幅畫，希望自己畫得最像。

濃濃的離愁雖然感傷，但是抵不過就要看見校長的喜悅。

神祕的校長就要現身了，就要清清楚楚的站在大家眼前了。他不再是一團濃霧，更不再只是一團聲音。

五年級的阿當，帶著雀躍的心情，要揭開這個謎。

可是啊，高高的舞臺上，有高高的講桌；高高的講桌上，擺著又高又寬的花束，又高又寬的花束後面，校長頭頂上的一小撮黑髮，就是阿當所看見的校長……全部的樣子。

校長依舊只有聲音，從空氣裡傳送出來。

但是啊，阿當一直不知道，找不到國小裡，經常在花圃裡澆花，偶爾蹲下來鬆鬆土、施施肥的那一位，就是校長。

珍重再見……

有時候，阿當笑著、鬧著從他身邊走過；有時候，阿當的一記球飛過來，正好打中他的腦袋；有時候，奔跑追逐的阿當，又跟他撞個滿懷。

阿當一直不知道，這個又瘦又小，總是穿著運動服，蹲在矮籬前除草，馬拉松比賽時，扣出槍響的人，就是找不到國小裡，只見聲音，不見人影的校長。

7 暑假這扇門

——走吧！暑假的大門打開了，阿當要帶我們到暑假山谷探險、度假了！

找不到山上的夏天來了。

畢業典禮上仍然沒有看到校長的阿當，雖然有一點點失望，但是，阿當還是很開心，因為畢業典禮一過，暑假就要來了！

穿過找不到國小的大門，走進校園裡，木製的箭頭上刻著文字，在每一個岔路口指引方向：教室、辦公室、摩天圖書館、海浪滑梯、通頂階梯……。

雖然校園不大，一眼就能看穿，但是這些箭頭，還是不論風吹日晒雨打，每天賣力的工作，從來不請假。

畢業典禮一過，阿當就跟其他同學一樣，每天都會去看一看，刻著「暑假」的這一個箭頭那端，暑假的大門打開了沒有。

「整修內部，請勿打擾」通往「暑假」的木造大門上，八個大字擋在門口，誰也進不去。

但是，畢業典禮結束，夏天真的來了，八個大字也換了模樣，變得溫和客氣起來：

「馬上就來，敬請期待」

暑假這一扇門，就要打開了。

阿當知道，這是一扇很久很久才開一次的門，他在找不到國小讀了五年，只看它開過四次。

歡喜、驚叫、笑鬧，木造的大門後面，是無止境的歡樂。你可以搭著老周叔叔的木桶飛船，在夏天水位高漲的時候，享受木桶在水面上奔馳的樂趣。

你也可以跳下飛船、泡在水裡，享受冰鎮的泉水帶來的陣陣涼意。

松鼠、猴子、飛鳥、羊群，還有月亮出來以後，伸手就留得住的螢火蟲，暑假這扇門後面，藏著陣陣驚奇。

就在阿當還在留意，暑假那一扇大門開了沒有，老周叔叔的飛船，已經載著他們，飛進暑假這扇門裡。

在暑假山谷裡，阿當和柯典、林平他們，迫不及待的鑽進樹林盡頭，滿地的落葉裡，有他們好久不見的朋友。

「果然又軟又鬆，今年不知道會有多少。」放下手上的罐子，用手輕輕一挖，就有一陣歡呼傳送出來。

「獨角仙，我來看你們了！」阿當的手掌上，是一隻獨角仙的幼蟲！

「別擔心，我不會傷害你的。」幼蟲似乎還沒睡過癮，又鑽進土裡了。

每個人都認真的，用手挖開堆積的黑土。

「你看！」柯典手上的一把土裡，就躲著

三、四隻獨角仙的幼蟲。

「這裡也有，好多哇！」

「是獨角仙！」一聲尖叫，大家都知道，阿當找到獨角仙了。

「哇！這裡！」沒有人再理會別人的叫聲，迷人的獨角仙，滿地都是。

暑假山谷一年才開放一次，阿當巴不得就睡在這些落葉堆上，跟獨角仙作伴。

一直挖到每個人都裝了滿滿一罐，才到溪邊洗洗手，
順便泡泡水。

然後到林子裡的「找不到冰店」去。

「我要一杯『找不到珍珠奶茶』。」

「我要一杯『找不到紅豆湯』！」

「我要『找不到冰茶』。」

山谷裡的「找不到冰店」，只在暑假開放。

大家都知道，「找不到珍珠奶茶」，就是「找不到珍珠」的奶茶，只有第一次來這裡的人，才會問老闆——「珍珠在哪裡？」

紅豆湯裡，「找不到」紅豆，不必驚訝；冰茶裡沒有冰塊也不是怪事，因為這是「找不到山」上，再也找不到第二家的「找不到冰店」。

不管有沒有珍珠、紅豆，冰涼的飲料就夠了，只要它開張，就是暑假山谷最熱鬧的時候。

拿著飲料、提著罐子，暑假開始了。拋開書本，走到暑假山谷，好好享受一個完整夏天吧！

8 投籃機的春天

——古老的暑假山谷裡，投籃機找到了知己。

投籃機一直記得，自己是怎麼來到暑假山谷的。

那天中午，它帶著三個坐立不安的籃球，搭上小貨車，搖搖晃晃的來到找不到山上。

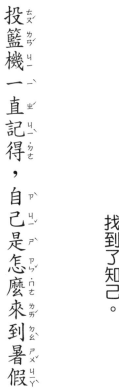

投籃機一直住在山下的城市裡，五顏六色的霓虹燈底下，那時候，它還擁有五、六個籃球寶寶。雖然換過好幾個地方落腳，但是，在每一個地方，都受到大人、小孩的熱烈歡迎。

到這麼偏僻又高遠的地方，還是第一次。投籃機看著越爬越高的山路，心裡有一種寂寞的感覺。

投籃機知道，自己再也風光不起來了。它年紀大了，而且經常失靈；不是卡住錢，就是球掉不下來，有時候，籃球們一個個跳進籃框，但投籃機就是忘了記分數。

每次一有失誤，投籃機就會得到一頓重搥。不管是大人或是小孩，只要出了一點狀況，拳頭就往它的身上搥下。

最讓它感到委曲的就是，連投球技術很差的人投不進時，也要怪到投籃機的身上，重重搥它幾下。

投籃機坐在老舊的貨車上，它很少承受這麼強烈的陽光直晒，再加上找不到山上的路，彎曲又不平，投籃機身上的零件也跟著跳動得厲害，幾乎要散開來了。

投籃機瞇著眼，看看頭頂上的太陽，還有身上那三個破舊的球寶寶，其中有一個，還是後來添加的。另外四個跟過它的籃球，現在已經不知道在哪裡了。

投籃機就是這樣，來到找不到山上的暑假山谷裡。然後，在裡面度過好長一段「山谷施工維修期」。

如果要說，有什麼改變的話，大概就是有那麼一個早晨，飛進籃框裡的一球，叫醒了它。休息了好久好久的投籃機，再一次有球飛進來，立刻本能的計下得分：「2」。

但是投籃機上的顯示燈，並沒有亮起來，投籃機心裡好難過。

投進那一球的，正是阿當。阿當不但沒有發現投籃機的失望，還興奮的和林平他們，在投籃機四周，像發現寶藏一樣，來回的摸索，大聲的歡呼。

「真是太棒了！」

「今年的暑假山谷，跟得上流行喔！」

「這個比學校裡的籃球場有意思。」

「可不是嗎，你看，還有三顆球呢，設備真齊全。」

「我們來比一比吧！」

投籃機聽見歡呼的聲音，已經嚇一跳了，誰知道，聲音裡滿滿都是讚美。投籃機立刻提起精神，打算好好工作。

但是沒有音樂、沒有計分、沒有響鈴，更沒有會移動的籃框，它要怎麼報答這群孩子呀？

沒有關係！阿當他們一群人，圍著投籃機分工合作：一個人投球的時候，兩個人計時，三個人計分。

「過關的分數是六十分好不好？」

「一分鐘要投六十分，太難了啦！」

「好，那五十分過關怎麼樣？」

「沒問題，過第一關後，再玩三十秒。」

「要得八十分，才能到第三關！」

規則訂定好了，比賽就開始。投籃機從來沒有想過，自己還會有重新再來的機會。

「進！」

「過關！」

「了不起！」

每次有球從籃框穿過的時候，投籃機的心臟，就會牽動一下。它看一看身邊的三顆球，也都精神飽滿的，陪著找不到山上的孩子，一起蹦蹦跳跳。

「這一定是神仙送給我們的禮物！」阿當輕輕撫摸著投籃機，一邊這麼說。

「是啊，怎麼會對我們這麼好？」

當天的最高紀錄，就讓阿當他們記在腦子裡，每天都拿出來比一比。

找不到山上暑假山谷裡的投籃機，一傳十、十傳百，身邊立刻圍繞著一圈又一圈的小朋友。沒有老闆也不收費用，每個人都玩得好開心。

夏天的太陽，穿過樹林，晒得投籃機心裡暖暖的。

它不覺得熱，反而覺得這是它一生中，最快樂的時光。

就像樹木在春天重新生長一樣，這是投籃機的春天，幸福的春天。

9 暑假注意事項

——回收舊課本?等一等!先把「暑假注意事項」抽出來,這個可不能回收。

暑假這一扇門,終於打開了。

儘管開啟的時候,總是吱吱啊啊,有點困難;儘管一個人的力氣,往往推不開這扇門,但是阿當還是那麼樂意和大家一起伸手推,一起把暑假這扇門打開。

暑假的每一天、每一分、每一秒，都是那麼珍貴，不能隨便浪費。

阿當把書包洗乾淨，在有太陽的天氣裡，趕緊拿出來晒。舊課本、舊作業、舊聯絡簿，還有考壞的考卷，都一起送給資源回收的賴伯伯。

但是要小心，老師說的「暑假注意事項」第一條，就是：「不要把暑假作業、老師發的暑假注意事項、字典，還有老師的聯絡電話，送去回收。」

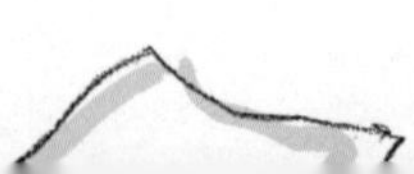

暑假開始了，痛快的玩耍吧。乾扁的書包宣布著：

玩樂正式開始。

暑假就是要拋開這些東西的時候。如果不是爸爸、媽媽會罵人，阿當差點連書包和鉛筆盒都要送掉了。

接下來，就是把鬧鐘的電池裝上，要比上學的日子更早起床，這樣才能玩個過癮。

但是阿當一定會比鬧鐘更早醒來。

比更早還要更早，暑假就是要盡情玩樂。老周叔叔不好叫醒，所以要更早一點去叫他。

天還沒亮，老周叔叔的屋子外頭，就排了一長排的孩子，等著搭他的木桶飛船，進到暑假山谷去。

雖然走路也行，但是大家還是選擇了老周叔叔。

老師說的「暑假注意事項」第二條，就是：

「不可以自己一個人到河邊玩水，一定要有大人陪。」

所以每次，老周叔叔帶著他還沒刷的牙、還沒洗的臉出現的時候，阿當他們就會把老師說的「暑假注意事項第二條」，背給老周叔叔聽。

「這一條得改成『一定要爸爸、媽媽陪』才行。」

「爸爸、媽媽他們沒有時間。」

老周叔叔沒辦法，只能說：「你們也別這麼早來嘛！」

這時候，阿當他們就會背出「暑假注意事項」第三條：「老師說，暑假要『珍惜時間，早睡早起，按時吃三餐。』」

「要『睡眠充足』，像你們這樣，會睡眠不足的。」

「足啦，足啦！我們很早睡啦！老周叔叔，早一點去玩，才能『按時吃早餐』呀。」

「是啊，快一點嘛，老周叔叔。」

搭著木桶飛船，進入暑假山谷。小溪邊，一邊哼歌，一邊挖蚯蚓。走路回家吃完早餐，再回山谷裡釣魚、捉蝌蚪。吃過午餐後，爬到樹上去，躺在粗大的樹幹上，交換故事書看。肚子餓了，山谷裡有龍眼和可以吃的野果。

「暑假注意事項」第四條是：

「每天都要看課外書。」阿當每天都做到。

黃昏以後騎著小腳踏車，在山路閒逛；

吃過晚飯，一起捉蚱蜢、捕螢火蟲。一直要

到洗好澡，一天才算結束。

找不到山上沒有補習班，暑假就是要玩到筋疲力盡。

但是，如果你撿到第一片黃裡透紅的楓葉，那就表示，暑假這扇門，就快要關上了。

長也好，短也好，每位小朋友都得在山谷關門之前，跟暑假道別。

這時候，得再把「暑假注意事項」拿出來檢查一下。

「暑假注意事項」第五條：

「認真的寫完暑假作業。」

寫完暑假作業之後，就要把罐子裡的獨角仙放了，讓獨角仙回到暑假山谷去吧。

然後把鬧鐘肚子裡的電池掏出來，這樣，暑假就真的結束，不必再那麼早起來了。

「暑假注意事項」的最後一條：

「記得開學的日子，準時上學，不要太早到。」

那是誰都不會忘記的日子，暑假這扇門一關起來，可是要等十個月才會再開。整修內部的時候，其實是很無聊的。

所以記得，一定要在開學之前，走出這一扇大門，準時上學去。

10 桌椅修理人

——每一次坐在修理好的椅子上，穩固的感覺，讓阿當忍不住就會想起他。

漫長的暑假一過，回到找不到國小，

阿當的身高，立刻拉長不少。

身高拉長，就得換桌子、椅子。

找不到國小裡，有好多好多又老又舊、高高低低的桌子、椅子。

爺爺、奶奶坐過，爸爸、媽媽用過，畢業之後，小朋友離開了，桌子、椅子卻留了下來，沒有畢業。

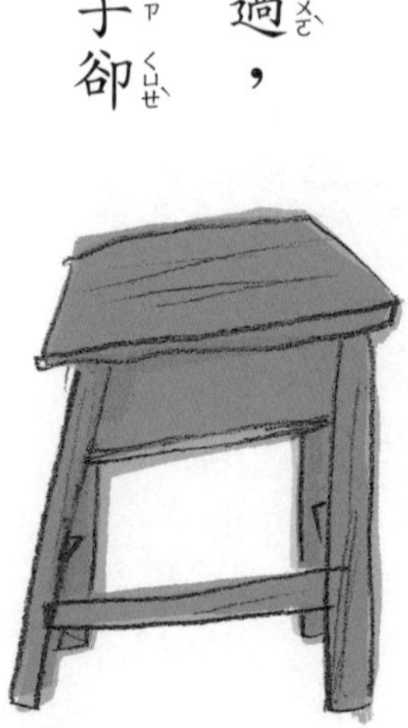

就這樣一代留傳給一代，找不到國小的桌子、椅子，都是有年紀的。

雖然老了舊了，卻一點也不殘缺，反而像溜久的滑梯，渾身都是光澤，因為找不到國小裡，有一位桌椅修理人，那就是古董爺爺。

古董爺爺是專門照顧這些古董桌子、古董椅子的人。他究竟是姓古，還是姓董，漸漸的，沒有人再問這個問題了，因為你一看到他，就好像看到古董一樣。

「你們的工作呀，就是讓這些孩子，好好的讀書。再怎麼不舒服，也要忍耐呀！」古董爺爺總是這麼叮嚀這些老桌子、老椅子。

「老古董呀，你不知道，今年坐在我身上的這個孩子，屁股好像長蟲一樣，不停的扭呀扭，時間一久，我的一把骨頭都被他給扭散了。」老椅子抱怨著。

「扭散了，我再修理就好啦，你要讓他們乖乖上課才行。」

不管是少了一片板子、歪斜了桌腳、扭斷了橫桿，任何疑難雜症都不是問題，古董爺爺敲敲打打，就能讓它們回到原來的樣子。

「老古董呀，你能不能輕一點？」

那是一張被送來的椅子，只差一點，就全部散開了。古董爺爺在它身上，這邊搥一搥，那邊打一打，就是要讓它們回復年輕的容貌。

誰不喜歡年輕呀？所以，這些桌子、椅子，對古董爺爺都是又愛又怕。

「哎喲！古董，叫你輕一點，你沒聽到嗎？」

古董爺爺哪會沒聽到，只是輕一點，根本就修不好呀。

「我們讓他們舒舒服服的上課，這些孩子，不知道感謝，還這麼淘氣。」

「可不是嗎？你看我的腿，上個月斷一次，這個月又斷一次。再這樣下去，我真的要殘廢了。」

「孩子們上課都靠你，你要『殘而不廢』才行，知道嗎？」

古董爺爺的年紀，跟這些桌子、椅子差不多，都是古董。

年紀大，難免會生病。一生病，古董爺爺就沒有辦法修理桌子、椅子。

老桌子、老椅子心裡，不知道該難過還是該開心。

沒有人修理的桌椅，堆了起來，像落葉一樣，一天堆得比一天高。

有一張老椅子，椅背上的木條斷了，它已經掛號，等了好多天。它的身邊站著一張站都站不穩的桌子，也在等古董爺爺。

「你不會站好一點嗎？非得這樣靠著我才行嗎？」老椅子不大高興。

老桌子盡量不要壓到老椅子，可是它身體一歪，重心不穩，「吭噹！」一聲倒了下來，壓得更嚴重了。

老桌子很難為情，因為它也不想這樣。就在它試著要站正一點的時候，椅子皺著眉頭開口了：

「哎，算了算了，別再亂動，這樣就好了。」

桌子、椅子越堆越多，小朋友上課也很麻煩。

「我的椅子什麼時候回來啊。」

「還不是被你搖壞的。你看，我的就不會。」

「我的椅子少了一塊板子，坐久了好痛。」

「我的桌子沒地方放腳，真不舒服。」

找不到國小的小朋友，這時候才知道，好桌子、好椅子有多重要。

等了好久好久，古董爺爺的病終於好了。

「再不來啊，我堂堂一張椅子，就要變成桌子腳啦！」

那張被壓在底下的椅子，一顆心這才放了下來。

古董爺爺拿出大鐵鎚，一根釘子都沒用，就把椅子、桌子修理好了。

「終於可以離開這隻大肥豬了！」老椅子鬆了一口

氣。

「別忘了，要讓孩子們安心上課唷！」回教室之前，古董爺爺還是沒有忘記提醒它們。

不過，自從古董爺爺修理好這一堆桌子、椅子之後，他發現，桌子、椅子們，比較少受傷了，他的工作也減少了許多。

雖然他不知道為什麼，但是他很開心，不必老是用鐵鎚，去搥打這些老朋友了。

阿當知道古董爺爺的辛勞，所以每次坐在椅子上，總是規規矩矩的。

11 迷路馬拉松——濃霧裡，裁判也迷路。勇士阿當研究出來的「絕妙組合」，究竟能不能勇奪冠軍？

找不到國小高大的摩天圖書館下面，是一座小小的操場。

小小操場外頭，包圍了一圈又細又瘦的跑道。這條營養不良的跑道裡，卻隱藏著健壯的蟋蟀、粗肥的蚱蜢。

找不到國小的小朋友，只喜歡在跑道上灌蟋蟀、捉蚱蜢，不喜歡在窄窄小小的操場上跑步。

他們喜歡在找不到山上彎曲的山路奔跑。

找不到山上空氣新鮮，幾乎沒有什麼車輛，彎曲的山路上，還有正在工作的爸爸、媽媽、叔叔、嬸嬸、阿姨、姑姑，為

他們加油，所以一提到馬拉松，大家眼睛立刻亮了起來。

馬拉松比賽又要開始了！

今年的路程是這樣的：從學校出發，到山頂那一棵有九百年歷史的古松下，跟樹下的裁判老師拿一張「抵達卡」，再回到學校來。

聽起來簡單，做起來可不容易。從找不到國小的任何一個位置抬頭看，都可以看到山巔那棵張牙舞爪的老松樹。

每個人都知道，要到古松下，最短的距離是直線。要走直線，除了飛過去以外，就是拉一條繩索，直接盪過去。

不過，這些都是不切實際的幻想，找不到國小的小朋友，每一個都認真的拿起筆、拿起紙來想，那麼多條山路中，哪一條才是又近又好走的。

路線每年都不一樣，怎麼走才是最近的路？這個問題，考驗著找不到國小的小朋友，也考驗著阿當，幾乎就是勝敗的關鍵。

阿當試了好多條路線，有時候，他是量時間，有時候，他是算腳步。當然，爸爸也提供了意見，不過，媽媽也有她的「私房路線」。

比較傷腦筋的是，爺爺又說他的路線才是一條「神祕捷徑」。

幸好，找不到山上的孩子，就是有一副天生的方向感，腦子裡都裝了一只羅盤，才能憑著感覺，在找不到山上，四通八達的留下遊歷的蹤跡。

比賽的日子來臨了，槍聲穿透濃霧，大大小小的選手，就在操場解散，往自己最有信心的山路跑去。

每一條山路上都有人，他們都相信，自己選擇的，是最正確的一條。

牢牢的記著轉彎的位置，緊緊的抓著解渴的泉水，古松就在不遠的地方。

「信心堅定，往前跑呀！」慢慢來老師叮嚀過，「不要一開始就把體力用盡，保持體力慢慢來，有始有終才要緊。」

跑呀！濃濃的霧裡，阿當頭上繫著鮮紅色的帶子。和阿當並肩作戰的帶子，努力吸下阿當的汗水，和阿當一起跑在他精心設計的「絕妙組合」路線。

古松下，金光閃閃的抵達卡，正是勇士的象徵。寫著「一號」的那張抵達卡，清清楚楚的呼喚著阿當。

「可是，等一等，這是怎麼了？」第一個跑到古松下的阿當，一臉疑惑的東張西望。

「抵達卡老師呢？」

最先抵達的阿當，等了好久，才有第二個小朋友來；第三個、第四個……，後到的小朋友，一直問著：「怎麼

塞車了？」

太陽斜斜的照著不斷搔頭的古老松樹，它也不知道抵達卡老師在哪裡。

「難道我們弄錯了？」

找不到國小的小朋友，在山上的古松下全到齊了。

就在這個時候，有人看見山路上，一個小小的人影，在濃霧裡，著急的踩著單車。小朋友立刻大聲的喊著：「抵達卡老師，我們在這裡！」

原來呀，分發抵達卡的老師，不是在找不到山上長大的。他以為，騎車一定比跑步快，他也以為，山路就是這麼簡單，朝著山頂騎，一定就會到。

他沒有做好準備，出發之後，才發現，路有十幾條，每一條都好像會到。

大家在山頂上，指揮著抵達卡老師，當老師滿頭

大汗的抵達之後，所有的小朋友都拍手叫好。

現在，要重新比一次嘍！大家一起往學校跑去，輸贏就看這一下了。

這一次，大家都變聰明了，跟著阿當跑準沒錯。

「你們不要一直跟著我嘛！」阿當看見一大隊人馬，還有抵達卡老師，都跟在他後頭了。

「誰叫你是第一名！」

馬拉松比賽，下山的路，大家都跑在同一條路上了。

12 守候小屋

——迷糊阿當的失物守護神。

「糟了，我的橡皮擦不見了！」

「去『守候小屋』找找看吧！」

找不到國小的升旗臺旁邊，那一棵挺拔的羅漢松下，有一幢小小的屋子。找不到國小的小朋友都知道，那就是「守候小屋」。

跟著阿當走進守候小屋，你會發現，就像走進一間雜貨店一樣。發臭的飯盒、歪斜的眼鏡、帶著水氣的雨衣、雨鞋，和還沒寫上名字的課本、作業簿，甚至十元的項鍊、上鎖的日記、娃娃玩偶、棒球手套。

這些小東西，一天又一天，一個星期又一個星期，在「守候小屋」裡，認真的在這裡守候，等著小主人來帶它們回去。

阿當這個健忘的孩子，就常讓他的東西，進到守候小屋裡。

「怎麼有這麼多橡皮擦離家出走呀？」阿當在文具區裡，找到裝橡皮擦的盒子。

「是這些人都沒有保管好。」和阿當一起來的柯典，替橡皮擦說話。

「守候小屋」每天都開著門，讓小朋友進來找東西。

但是，生意並不怎麼好，掉了東西的小朋友，往往不知道自己掉了東西。

為了讓守候小屋裡的東西，能更順利的找到主人，守候小屋每個月還要舉行一次「歡樂配對送」，這樣失物才不會越堆越多。

每個月的最後一天，絕不找錢阿姨把福利社的門關了，就來清理守候小屋。

她把小屋子裡，耐心等候主人的東西，一箱一箱的搬到屋外，再一箱一箱的排好，就像擺地攤、賣東西那樣。

「等一下，你們的主人就會來啦！」絕不找錢阿姨一邊搬，一邊哄著它們。

「不找錢阿姨擺地攤了！」

上午十點，聲音傳遍整個找不到國小，全校的小朋友都知道，一定要去逛一逛，說不定，就有自己遺失的東西呢。

阿當喜歡看著絕不找錢阿姨，她像魔術師一樣，從箱子裡掏出東西來，這時候，每個人都專心的看著她。

「哇！」不找錢阿姨手上，拿出一個藍色、畫有卡通圖案的袋子。

「它已經在小屋裡，守候一個多禮拜了。」不找錢阿姨說。

「它的肚子裡，還有一個便當盒，現在如果掀開它，那氣味一定能讓大家都跑光。」不找錢阿姨又補充說明。

「是我的。」一個一年級的小朋友，勇敢的舉起手，他看見袋子上寫著他的名字，那個名字已經模糊了，只有他看得懂。

四周響起掌聲，為袋子找到主人而高興。

「那麼現在，我們來看一看——這件運動服是誰的？」不找錢阿姨一邊說，一邊拉出了一件運動服，她還翻了翻，看看有沒有特別的記號。

阿當一看就知道，那是他掉了好幾天的運動服。雖然有點不好意思，阿當還是上前認領。

「啊，是你，你怎麼常常掉東西？」不找錢阿姨真是不給面子。

不過，大家還是給了掌聲，為衣服找到主人而高興。

阿當低著頭走回人群裡，
又聽到不找錢阿姨換了一樣東西叫喊：
「那麼，這條運動褲……。」

「啊？」阿當剛才的臉紅還沒褪去，另一陣臉紅又上來，他回頭看，那不又是自己的運動長褲嗎？

怎麼也在這裡？難怪找了好幾天都找不到。

阿當手上拿著運動服，又撥開人群去領運動褲。四周響起熱烈的掌聲，慶祝運動服和運動褲同時找到主人。

「你怎麼連褲子都能掉啊？」大家笑得更開心了。

阿當抓著兩樣東西，雖然有點不好意思，不過掉的東西總算找回來了。

「這個……」不找錢阿姨這次拿出來的，竟然是一副——

「——望遠鏡！」

大家把眼神投向阿當，阿當也張大眼睛，看著那一副好大的望遠鏡。

「唉，可惜不是我掉的。」這時候，不只是阿當，每個人心裡都這麼想。

找不到國小的升旗臺邊，每個月的最後一天，「守候小屋」的外面，不找錢阿姨在這裡，她不敲鑼打鼓，也不吞劍跳火圈，就能吸引來全校小朋友。

因為，「久別重逢」就是一件令人期待的事。

13 上課十分鐘——揉揉眼睛看清楚，真的是上課十分鐘嗎？

不知道是哪一天的哪一次出的差錯，找不到國小的鐘聲少敲了一次。也許是涼涼的天氣最好睡，也許是濃濃的霧裡，連鐘也看不清楚時間。就這樣，少敲了一次的鐘，把上課、下課的秩序弄反了。

早自修、下課、上課、下課……，現在變成早自修只有十分鐘，才走到摩天圖書館，提醒鐘聲就響了。不過下課倒有四十分鐘，再上課十分鐘，又下課四十分鐘。

沒有人發現這件事嗎？

每個人都發現了呀！

「噓——，不要讓這件好事，提早結束。」

沒有人希望這件事太早被發現，所以沒有人想說，因為四十分鐘玩起來才過癮哪！

過去，一個下課只能做一件事情：到操場打球，就沒時間上廁所；去福利社買飲料，再到操場去玩，半路就要回頭。

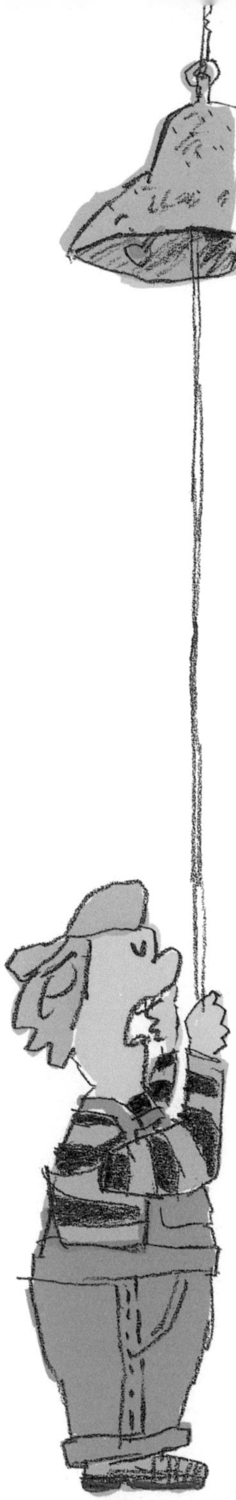

「為什麼會這樣啊？」

「不要想為什麼，趕緊去玩才重要。」阿當抓起籃球，拉著柯典就走。

每個人都知道，要好好把握，這難得的下課四十分鐘。

作業沒寫完的人最開心了，過去要好幾個下課才補得完的作業，現在，一個下課就夠用了。

老師當然也發現了這件事。但是，要批改的作業實在太多，一疊改完，一疊又送來。現在，下課有了四十分鐘，老師就有足夠的時間，慢慢的改作業。

改完作業，還可以陪小朋友踢一場球，或者到外頭看一看小朋友玩些什麼，再好好的休息一下，伸一伸懶腰。

老師不必每節下課，都把頭埋在作業簿裡了！所以，找不到國小裡，雖然發生了一件這麼重大的事，但是老師們什麼也不想說。

校長發現這件事了沒有？當然發現了！但是，當他看見小朋友玩得那麼開心的時候，他也不忍心把鐘聲調回來。

過去，好幾個下課，才會被球砸到一下的校長，現在，一個下課就會被砸中好幾次。

「多運動才健康，就讓他們繼續玩吧！」校長看著校園裡歡樂的情景，心裡這麼想。

「孩子本來就該盡情玩樂的。」

所以，這個錯誤就這樣靜靜的錯下去了。

上課太久，就容易疲倦，現在，上課只有十分鐘，小朋友都還沒來得及疲倦，下課時間就來臨了，所以上起課來，每個人都活力充沛，精神十足。

老師為了好好把握這難得的十分鐘，上課的時候，一分一秒都要珍惜，連笑話都要留著下課再講。

「這樣多好呀！」

「對呀！玩再久都不覺得累！」找不到國小的校園裡，充滿了活力。

校長也看得出來，在這一個錯誤裡，校園裡散發著比霧還濃的歡樂。

但是，在濃濃的歡樂裡，每一個人的心裡，還是擔心著一件事：「這一個錯誤，什麼時候會結束呀？」濃濃的霧裡，大家享受著這一件事，也擔心著這一件事。

這一天還是來臨了。當鐘再少敲一次的時候，一切又恢復正常，下課四十分鐘消失了。

「喔！」

「沒有了！」阿當隨著鐘聲，靜止在操場上，他和所有的小朋友都知道，時間——「調回來了。」

當時間回到正常作息的時候，雖然大家都很捨不得，但是，大家也很開心，再也不必提心吊膽，擔心美夢會消失。

就把它放在回憶裡吧，大家只能再次期待，濃濃的霧裡，老舊的鐘，什麼時候再少敲一次，再來一次下課四十分鐘吧。

14 校犬來祿——

來路不明的來祿，究竟能不能承擔起「校犬」的工作？

「有人！」夜深人靜的時刻，找不到國小的校犬，豎起耳朵，負起看守校園的責任。

山路不斷翻轉的找不到山上，治安一直都很好，沒有人願意隨著山路，盤旋上來偷東西。所以在夜裡，校犬應該可以高枕無憂，無事可做才對。

事情卻不是這樣，放學以後，才是校犬工作最忙碌的時候。

要把隨地大小便的雞、鴨、鵝趕出校園，還要保護天黑之後，回學校找作業簿的小朋友，更要留意有沒有野貓或老鼠跑進教室裡，在裡面開運動會，弄髒了教室。

校犬還要學會分辨，哪些是回學校找作業簿的小迷糊，不能對著他們叫；哪些是可疑人物，就不能客氣了。至於老鼠和貓咪，更要在牠們跑進教室之前，先擋住牠們的去路。

「來旺」是最早擔任校犬工作的一位，也是在位最久的校犬。全身漆黑的來旺，黑夜裡，來去像一陣風，完全看不出他在哪裡。機警敏捷，來回巡視校園，一有風吹草動，立刻趕到，所以校園裡始終是乾乾淨淨的。

「來旺」把工作傳給「來富」，「來富」傳給「來喜」，「來喜」傳給「來福」，「來福」之後，因為一直找不到適合的「狗」選，所以一直到年紀很大，再也沒有辦法工作的時候，才勉強訓練了「來祿」。

年老的來福把校犬該做的事，一一指導了年紀小的「來祿」之後，就自己離開了找不到國小。

年紀輕輕就挑起這個重擔的「來祿」，並沒有因為責任重大而收拾起玩心，也沒有因為和來福相處過一段時間，而跟來福學習到什麼本領。

夜裡把雞、鴨追進校園裡，又把老鼠逼進教室，自己守在氣窗外，讓老鼠們不敢出來。

最可憐的是黃昏以後，回學校找作業簿的小朋友，一定要忍受來祿又親又抱又舔的熱情，嚇得大家再也不敢忘了帶作業簿。

夜裡擁抱小朋友，白天盡情的玩耍，師長們都想換一隻校犬，卻又不忍讓來祿成為流浪狗。

「這真是『來路不明』的校犬啊！」

「來祿呀，你什麼時候才會長大？」連慢慢來老師都看不下去了，忍不住這麼問牠。

來祿張著烏黑明亮的大眼，搖動著毛茸茸的尾巴，帶著一張微笑的臉就撲了過來。

「不行，不行，你是『校犬』，你要正經點。」慢慢來老師也受不了牠的熱情。

每天快快樂樂的在學校遊蕩，無憂無慮的工作，喜歡對著濃霧大叫，年紀小的來祿，卻是阿當最喜歡的一隻校犬。

「來富在的時候啊，校園裡一隻老鼠也沒有。」開始有老師懷念起來富。

「但是，來祿會頂住快要掉下山谷的球！」開始有小朋友為來祿辯護。

沒錯，活潑好動的來祿，整天在操場上等著小朋友下課。

不管球從什麼地方來，牠一定會把它擋下來，一看到球，來祿渾身是勁。

「真是一隻好狗！」小朋友們都對來祿豎起大姆指。

「神準！」來祿也是最佳的守門員，不會讓任何一顆球，飛進球門。

漸漸的，學校裡的師長們也發現，其實校園比以前更加平和安靜。

原來，瘋狂的來祿，讓雞鴨再也不敢踏進找不到國小半步，老鼠貓咪更是躲得遠遠的，一聞到來祿的味道，就渾身發抖。

有誰受得了來祿的熱情？

來祿就在師長們頭痛的眼神之中，慢慢長大了。也漸漸讓人發現，牠和從前的校犬一樣，都是負責盡職的好校犬。只是方式不一樣罷了。

15 珍貴的路線圖

——阿當送給大家，上山的路線圖。

校園小小，學生少少，找不到山上，雲霧裡的找不到國小，一直有人好奇的打聽和尋找。

找不到國小，一直站在原地，沒有離開也沒有跑掉，專心的等待著每一個訪客來到。

不要急，不要慌，阿當知道，山路有很多條，選對了，一定到得了。校犬來祿正守候在校園裡，準備迎接訪客。

阿當畫下一張上山的路線圖，讓探訪找不到國小的人，輕鬆一點。

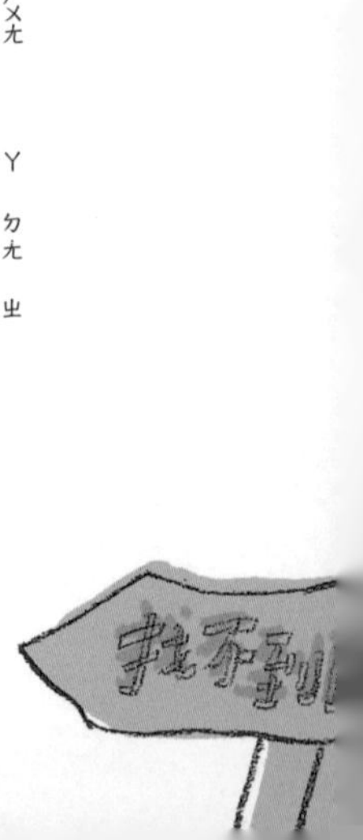

可惜的是，上山的路有很多條，阿當不知道，要怎麼把每一條都畫好。但是他認真的畫，他要讓那些知道的、不知道的，看過的、沒看過找不到國小的人知道，找不到山上，隱藏的這座樂園，其實不難找。

長大之後，只要像老周叔叔說的一樣，當上了村長，阿當一定會沿路做指標，讓大家順利上山，看一看他成長的校園。

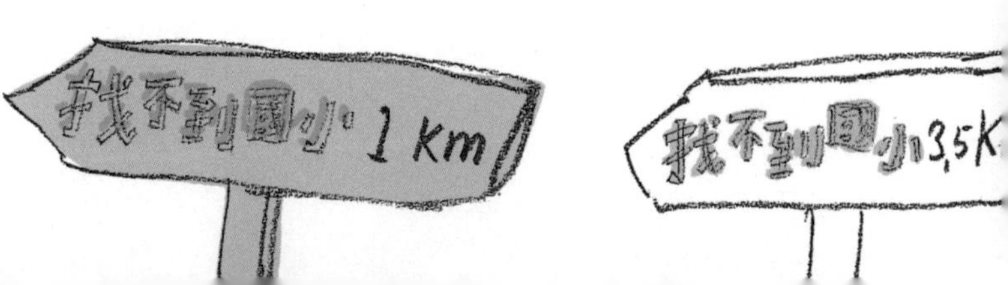

雖然阿當不知道，山底下的學校，跟自己的學校，究竟有什麼不一樣；雖然真的找得到這所學校的人，少之又少；但是，阿當早已準備好，隨時都可以當嚮導。

從老周叔叔的木桶飛船開始，呼嘯著進入找不到國小。阿當會帶著大家，一起去找他還沒有看清楚的校長；到他最愛的福利社，跟絕不找錢阿姨買東西；到他的教室裡，跟慢慢來老師一起寫字。

夏天的時候，讓阿當帶著大家，一起去暑假山谷，尋找獨角仙；到投籃機身邊，阿當就是計分員。

他不知道，山底下的學校裡，有沒有這些東西，但這些都是他怎麼也看不膩，怎麼也玩不膩的珍貴寶貝。

阿當一直期待，能有許多轉學生轉進來，讓找不到國小，不再學生少少。

帶好路線圖，記住山路的轉彎點，也許有一天，你會發現，自己走進了這個小小的校園，那時候，阿當會陪著大家，一起去探險。

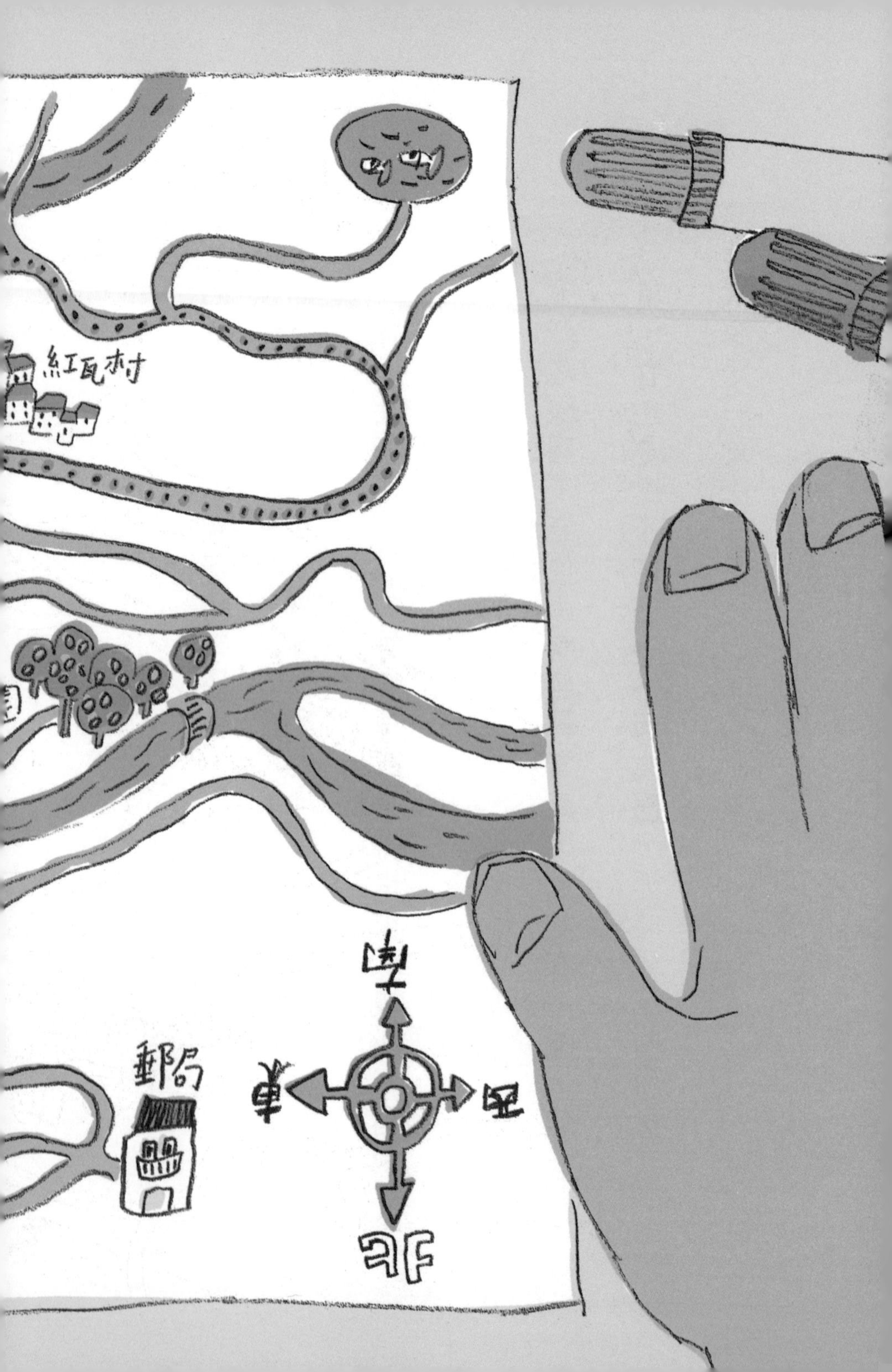
紅瓦村
郵局
南
東
西
北

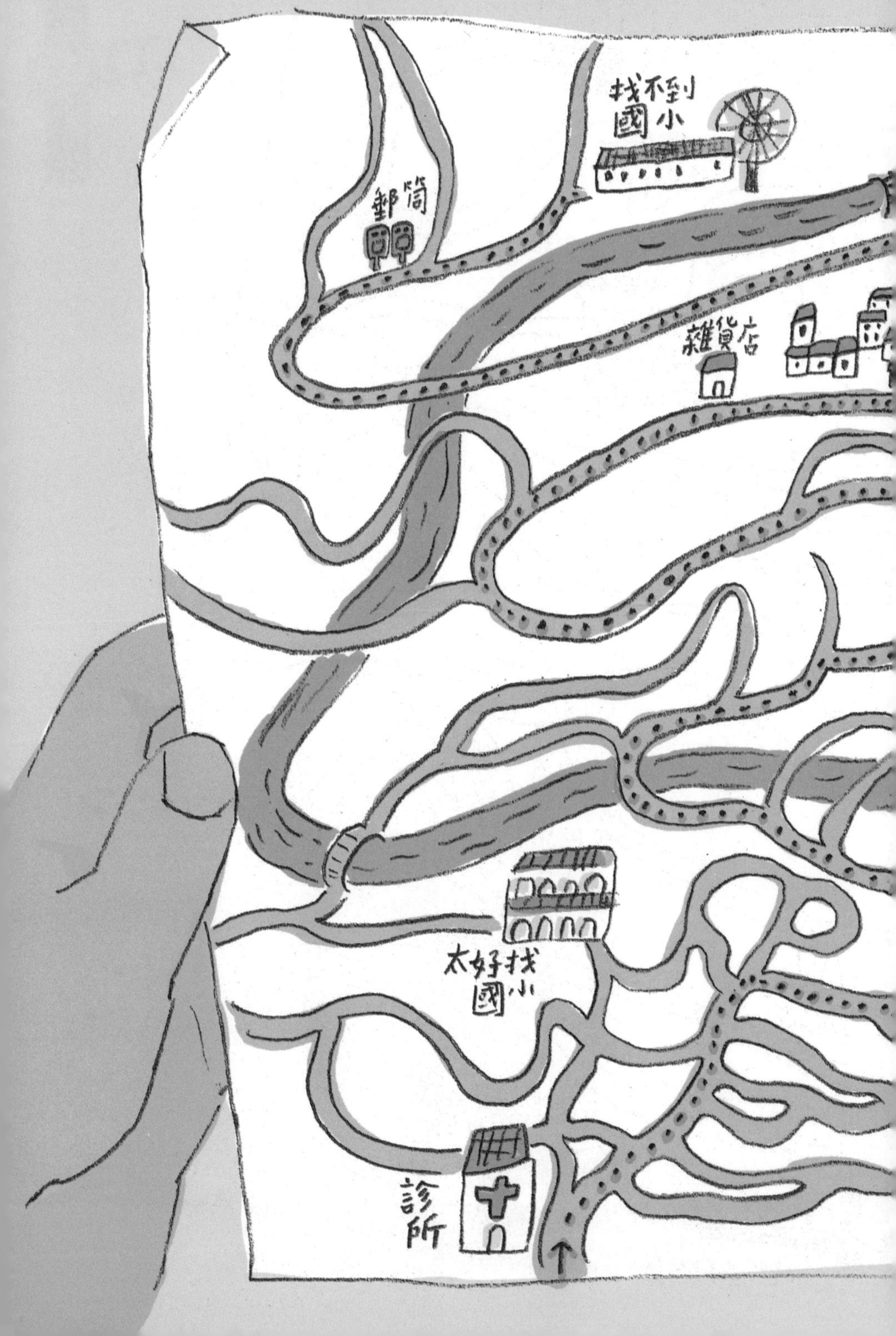
找不到國小
郵筒
雜貨店
太好找國小
診所

到底有沒有？

◎岑澎維

那是一次不得不去、兩年一次的旅行。就在我離開同伴，獨自欣賞沿途景色的時候，我不知不覺，來到一所特別的學校。

起先，是下課的鐘聲吸引了我，「咕咚！咕咚」的鐘聲響完之後，是這樣的廣播：「下課了，下課了，請還沒有下課的老師，趕快下課。」

這樣的提醒，讓我羨慕極了。再走一段路，我又聽見了上課的鐘聲。上課的鐘聲響完之後，我又聽見：「上課了，上課了，請還沒有進教室的小朋友，慢慢的走，不要著急。」

朝著聲音傳來的方向走去，我看到校門口掛著的五個大字：「找不到國小」。

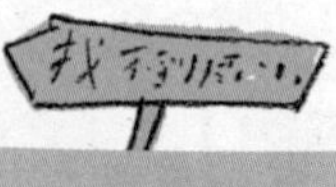

這就是傳聞中的那所學校嗎？究竟有沒有這麼一所學校，人們一直爭議著，而在我眼前高高掛著的，竟然就是這所學校的招牌。

我忘了旅行這件事，仔細的往這所學校裡面看，我看了好久好久，直到所有的景物，都印在我的腦子裡。等我回過神來，濃霧已經把這所學校層層包圍住了。

它真的存在著，當我再次來到這所小學，又是兩年之後了。

放鬆心情，我只是想證明，上一次的發現，不是夢中的事。

我越靠近它，越能感覺到這座山的心跳，是那麼平穩踏實，也越能感覺到，它還跳動著快樂與知足。

這是一所虛無飄渺的學校，一切看來那麼不真實，卻又那麼清晰的，印在我的心底。

歡樂的國小

◎台東大學兒童文學研究所教授 林文寶

《找不到國小》延續澎維的上一本故事集《小書蟲生活週記》的筆調，是一本輕鬆愉快、讓人想一口氣讀完的好作品。這本書以國小為背景，除了是教學現場，是她最熟悉的一個區塊，她也企圖呈現，國小學生原本就該在快樂、創思的環境中度過。

說來可惜，現在的國小，無論課程結構或大多數家長期待，都還是以課業為主，以將來升學預立基礎作打算，所以課外補習有之、提早學習有之，大抵還是離不開分數，離不開填鴨，以學習的原理看待，殊為可惜、可嘆。

所以讀到澎維的《找不到國小》時，內心不免有所感觸，就讀這麼一所國小，不就是一生中最精采的時光嗎？

在《找不到國小》書中十五個篇章裡，讀來輕鬆愉快、一氣呵成，探究原因不外「新奇」、「懷舊」、「反差」及「幽默」。以下分別述之：

新奇：上學搭老周叔叔的木桶飛船、有如遊樂場的摩天圖書館、座落懸崖的福利社，和暑假這扇充滿期待與歡樂的門等等，再再令人神往，每個小朋友一定也巴望著自己的學校擁有這些設施。「新奇」，令人眼睛為之一亮。

懷舊：仔細又認真的慢慢來老師、在花圃邊除草澆水的校長、負責盡職的桌椅修理人——古董爺爺，

還有愛物遺失時，等候主人現身的守候小屋等等，這些好像已是幾世代以前的故事，在《找不到國小》突然出現，除了帶給現代的小朋友不一樣的樣貌外，也讓人興起懷舊之感。

反差：上課十分鐘，下課四十分鐘，這是多麼不可思議呀。只要有狗出現在校園，學校的反應大概都是——趕走，或快請環保單位來抓走，這樣的下場與《找不到國小》裡天真無憂的校犬來祿，形成反差。投籃機的春天講的是山下老舊的投籃機，在山上萌芽、找到春天。

幽默：無論是常被球打中頭的校長、能看出你寫字時心情好不好的慢慢來老師、其實是自己不會算錢、找錢的福利社阿姨，還是迷你馬拉松比賽中迷路的抵達卡老師，《找不到國小》中出場人物個個有趣、奇特，再再顯示澎維的幽默手法的功力，不矯飾、不落俗套。

在《找不到國小》中也可看出澎維寫作技巧的成熟：文字精準巧妙、節奏明快、比喻生動。

文字精準、巧妙：無論人、物或事件的描述，都能恰如其分，無過與不及。如何找到「找不到國小」、有些無奈又不得不早起的老周叔叔、躲在濃霧中的神祕校長，甚至有些「吊書袋」的暑假注意事項等敘述，都能尋得其精確的文字，與彷彿真實存在般的鋪陳。

節奏明快：在《找不到國小》中，段落分明，短者幾字，長者數句，鮮少超過數行的，這在讀者的閱讀上十分討喜，原本《找不到國小》就是題材令人歡喜的作品，用短句的手法，靈活不拘泥，把明快的氣氛表現無遺。

比喻生動：十五篇作品中，任何一篇都可找到讓人驚奇且傳神的形容——「往往一個疏失，小路就跟蟒蛇見到人一樣，竄逃開來，不見蹤跡」、「霧太濃，濃到連鐘聲都好像打在濃湯上」、「凡事盡量提早做，別讓『著急』兩個字，有機可乘」、「慢慢來老師還是慢慢的著急」、「他究竟是姓古，還是姓董，漸漸的，沒有人再問這個問題了，因為你一看到他，就好像看到古董一樣」、「太陽斜斜的照著不斷搔頭的古老松樹，它也不知道抵達卡老師在哪裡」等，不勝枚舉。

真高興見到澎維推出新作，她精采的文筆，一定能創造出更多更有趣的作品。

《找不到國小》和其他校園文章的最大不同是：自然流暢，不為討好小朋友而作逾越的表現，把校園裡的人物或事件扭曲、變形，如馬戲團小丑一樣造作的「笑」果。而是想像力豐富、創意無限的成熟作品，雖篇幅不多，但其中的趣味著實不少，允為佳作，值得推薦。

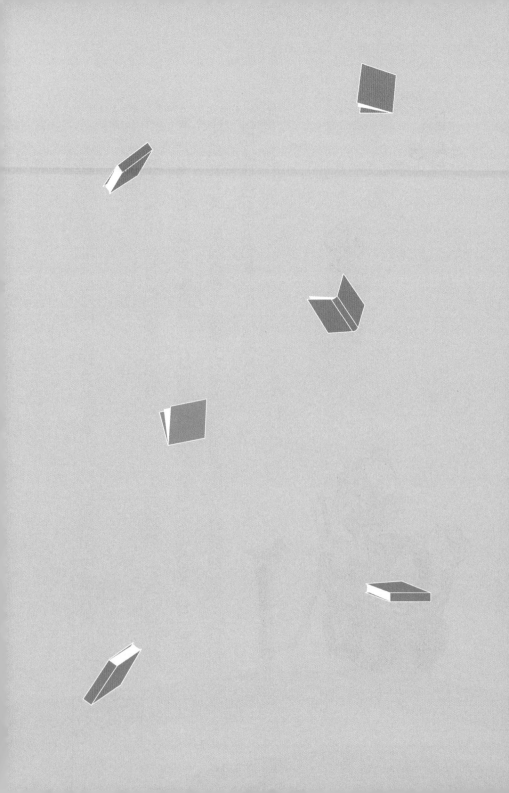

閱讀123